京都で考えた

吉田篤弘

ミシマ社

目次

I

怪物と忘却

II

ふたつの怪物

III

装幀◉クラフト・エヴィング商會［吉田浩美・吉田篤弘］
イラスト＝著者

I

＊

京都は百万遍にあるほの暗い喫茶店で、角砂糖付きのコーヒーを飲みながら、買ったばかりの本のページをめくっている。

昼下がりの新幹線で東京からやって来て、古本屋を三軒ほど渡り歩いたら、ほどなくして夕方になっていた。

京都にどんな用事があるのかと云うと、さして用事はなく、いつもそうなのだが、ひとりで街を歩いて考えたいと思っている。ふと気まぐれが起きて仏像などを拝観することもあるかもしれないが、行くところはあらかた決まっていて、古本屋と古レコード屋と古道具屋である。あとは喫茶店と洋食屋だろうか。わざわざ京都まで来てどうして、と思う人もいるだろうけれど、自分にとって京都という街は、そういった店々を停留所にして、あてどなく歩きまわることに尽きる。そして、歩きまわることが、そのまま考えることになる。

この街で考えたことを、これまでに何冊かの本に書いてきた。ただ、それらのほとんどは小説だったので、物語のどの部分が京都で考えたことであるかは判らない。いまこうして書き始めたこの本は小説ではなく、京都で考えたことをありのままに書こうという本である。

思うに、この街は水の街で、北から南へ向けて伏流や地下水を含むじつに豊かで美しい水が常に流れつづけている。たとえ川のほとりにいなくても、足もとの地中深くに北から南へ流れる見えない水の存在を感じる。地下水はあらゆる街に存在するだろうが、この街をかたちづくる碁《ご》盤《ばん》の目につくられた道筋が、北から南への流れをどこにいても、それとなく思い出させてくれる。

その見えない水の流れになるべく逆らわないよう、この本も出来るだけ流れるように書きたい。そして願わくは、流れるように読めるものであってほしい。

それで、流れの邪魔になりかねない章題や見出しといったものをページの地中に埋め込むことにした。代わりにアステリスクをひとつ、目印として置くことにする。しかしそうなると、あとになって、さて何が書いてあったか、とぼく自身も首をかしげてしまいそうなので、目次はいつもどおりつくり、章題や見出しはそこで確認できるようにしてみた。

誰が呼んだか、「見えない目次」。

かつて、このような本があったかどうか判らないけれど、目次にあっても文中に見出しがないのはそうした理由からで、これもまた京都を歩きまわるうちに思いついたことである。

*

とはいえ、ひとりで冬の京都を歩いていると、あまりの寒さに機嫌が悪くなってくる。どうしてこんなに寒いのか、とハズレくじを引いてしまった思いで背を丸め、なるべく観光客のいないところを探しもとめて路地の奥へ奥へと歩いていく。

初めてひとりで京都に来たとき――まだ十代だった――そうした路地の奥に、赤い暖簾《のれん》を掲げたそこだけ妙に活気を感じる小さな食堂を見つけた。羽虫が街灯に群がるが如《ごと》く店の名も確かめずに暖簾をくぐると、店内はむっとするような人いきれと肉の焼ける匂いがあふれていた。

匂いだけではない。大量の肉が焼ける音と煙、音の出所と思われる中華鍋をあやつる白衣の男のせわしない動き――そうしたものが一斉に襲いかかってきて、魔法をかけられたようにカウンター席に座って店内を見渡した。いずれも男の一人客ばかりである。誰もが黙々と食べていた。皆、同じものを食べているらしい。

肉とネギと白飯と色の薄いスープ——。

壁を見ると、短冊に切った赤い紙に荒々しい墨文字で「爆肉」と書いてあった。皆が一心不乱に食べているのはおそらくそれだ。何と読むのか判らないまま「爆肉」のふた文字を指差すと、鳥のように痩せた白衣の男が、喉仏《のどぼとけ》をぐりぐり動かして、「バオローテイ?」と云ったように聞こえた。

たしか、肉はローと読むはずだから、爆肉は「バオロー」で、「テイ」は定食の略に違いない。勝手にそう解釈し、たどたどしい口調で「バオローテイ」と鸚鵡《おうむ》返しに注文した。

しばらくすると、それは盛大な湯気と一緒に銀色のチープな盆に載ってあらわれた。云い忘れたが、この店、相当にガタがきていて、しっかり戸を締め切っているのに外の寒さとほとんど変わりがない。それで男たちは外套を着たまま肉をむさぼっていた。頭上の蛍光灯が切れかかっていて、痙攣《けいれん》するようにまたたくたび、白い皿に盛られた肉と白ネギが――油で炒めてあるのだから当たり前なのだが――どことなく神聖に輝いて見えた。

（さぁ）と元気よく割り箸を割って、なんだかよく判らないバオローテイに挑む。

食べたことのない肉の味だった。

牛でも豚でも鶏でもない。そのころは、肉と云えば、その三種類しか知らず、馬も羊も猪も兎も食べたことがなかった。だから、その肉が羊肉で、バオローがいわゆるジンギスカンを意味していることも、ついぞ知らなかった。ひときれ口に入れるたび、店内の寒さも手伝って、口から驚くばかりに白い湯気が出る。ハハハ、ヒヒヒ、フフフ、とハ行の擬音を連発し、食べるほどに食欲が増して、夢中になって食べた。
その日は昼過ぎに京都駅に降り立ち、やはり夕方のその時間まで延々と古本屋をめぐり歩いていた。途中、コーヒーを飲んだりサンドイッチをつまんだりという時間もあったはずだが、古本屋の棚にどんな本が並んでいたかも覚えておらず、初めてひとりで京都を歩いて考えたときのことは、ひどく寒かったことと、この「バオローティ」の一場面しか記憶にない。

何年かして、もういちどこの店を訪ねたとき、そこが川のすぐそばであったことに意表をつかれた。記憶では、もっと暗くて、もっと静かな路地裏に構えている印象だったが、実際は飲食店がひしめく繁華街にほど近いところに位置していた。

よほど、俯《うつむ》きながら歩いていたのだろう。あるいは、そのときの自分の心持ちが風景を暗く静かなものに変えてしまったのかもしれない。


そういうわけで、おそらく、この本に描かれる京都は現実の街の眺めとは少しばかり違っている。なにしろ、京都へ行くと考えごとばかりしてしまうので、見ているはずのものを見落とし、見てもいないものを見たような気になる。

かねてより、ぼくは「街」というものと人間の「考える」という行為はひとつのものではないかと思ってきた。というより、「街」と「考える」がどこでどうしてつながっているのか、これぞ自分の考えるべきテーマのひとつで、ああでもなしこうでもなしと答えを探してきた。

探すだけで答えがまったく見つからなかったわけではない。ただ感覚的につかんでいたとしても、それを言葉に置き換えるのが難しい。それでも、「どうして」と言葉で問うてしまった以上、「それはつまり」と言葉で答えたい。それで、また考える。同じ道を行ったり来たりするように、何度でも「どうして」と考えなおしてきた。

こんなふうに、考えるという行為には際限がない。仮に答えらしきものを見つけたとしても、少し時間が経つと、おおむねその答えは更新されることになる。

まったくもって、いまさらながらの発見だが、考えというものは、放っておいても勝手に前へ進むものなのだ。

人間は二本の足で歩行する動物で、それがおそらくは人間という動物の著しい特徴である。「歩行」は必ずしも前へ進むことだけを意味していないけれど、後ずさりや横歩きなどはまずしないのだから、人間が日常的に繰り返しているのは、およそ前へ進むことだろう。

ところで、街を歩くという運動は、途中で気まぐれな紆余《うよ》曲折を経たとしても、常に体を前へ運びつづけることに変わりはない。

つまり、「街」を歩くことも、「考える」ことも、その根幹を成しているのは、どちらも前へ進むことである。

そう考えるのはでたらめだろうか――。

でたらめであったとしても、ここに何かしら答えにつながるヒントがあるように思う。前へ進むということ。このきわめてシンプルな事象は常に厄介な怪物を引き連れていて、「考える」ことのあらかたは、この怪物と対峙《たいじ》することから生まれてくる。

その怪物の名を、人は「時間」と呼んでいる――。

＊

京都市中京区三条通堺町東入ル桝屋町六九。イノダコーヒ三条支店。この店の一階の奥には、珈琲屋としてはめずらしいドーナツ型の円卓がある。

円卓というのは、「アーサー王と円卓の騎士」の円卓で、ホーリー・グレイルすなわち「聖なる杯」を探索する冒険に出た騎士たちは、円卓から旅立ってふたたび円卓に帰還する。円卓は世界の中心に据《す》えられた目印で、平たく云うと、ヘソのようなものであろうか。

いいえ、すみません、「アーサー王」の物語にはそんなことは書いていないのですが、イノダの円卓でコーヒーを飲むたび、自分もまた冒険から帰り着いた騎士の気分になる。

なにより円卓に囲まれた厨房の中心には聖杯を思わせる白い大きなコーヒー・ポットが鎮座している。何人かの客が円卓にしがみつくようにして座り、ぼんやりとコーヒー・ポットを眺めながら思い思いにコーヒーを味わっている。

ここのコーヒーはあらかじめ砂糖とミルクを入れたものが定番で、円卓には渋い様相の年輩の男たちが何人も見受けられるが、およそ誰もがブラックではなく、砂糖ミルク入りを飲んでいるのが面白い。

ぼくはと云えば、たいてい疲れきって円卓に辿《たど》り着く。騎士の気分とは云っても、凱旋《がいせん》などではなく、傷を負って湯治場へ来た格好で、最初は自分でも呆《あき》れるほどため息ばかりつく。温泉につかるようにコーヒーの湯気を浴び、そのうち気持ちが落ち着いてくると、（ああ、帰ってきた）と、こわばったものがほぐれてゆく。ここが自分の帰り着く場所である、と京都に生まれ育ったわけでもないのに、ひそかにそう思う。

その時間は、およそ二十分くらいのことだろうか。

コーヒーを飲み終えるころには、「騎士」や「帰還」といった妄想は湯気と共に消え、何ごともなかったかのように、また街に戻ってゆく。


リセットという言葉を知ったのはいつだったろう。たぶん、十歳にはなっていたと思うが、カセットテープレコーダーの走行カウンターをリセットしたときだったか、それとも、デジタル時計の時間表示をリセットしたときだったか。初めてリセット・ボタンを押してカウンターや時間が0に戻ったとき、その快さは、少年だった自分に新鮮な驚きをもたらした。

まるで、時間を巻き戻したような感覚があった。

と同時に、どうして人は時間を巻き戻したいのだろうと考えた。

それはやはり、取り返しのつかないことを取り返せるかもしれないと思うからだろうか――。

たとえば、（ああ、やはりあちらの道を行くべきだった）と後悔が募るとき、ボタンひとつで「道を選択する前」に戻ることが出来たらと思う。（云うべきじゃなかった）（辞めるべきじゃなかった）（喧嘩するべきじゃなかった）と引き返したい時間を挙げていったらきりがない。

もうひとつは、リセット・ボタンを押すことで、乱雑になってしまったものを白紙に戻せるかのような錯覚が起きた。子供のころの自分は気持ちが落ち着かず、ただ、じりじりとしてもどかしかった。

乱雑になっているのは部屋の中や机の引き出しの中だけではなく、何より混沌《こんとん》とした自分の頭の中をボタンひとつで整えなおしたいと真剣に思っていた。どうしたら、そんな装置をつくれるだろうかとノートをひらいて、日々考えていた。

無論、そんなものを発明できるはずもなく、あるとき、気に入った本を繰り返し読むことで頭の中が掃除されるのを発見した。それは世の中の多くの人が読むものではなく、本棚の隅で見つけた自分だけが読んでいると思えるような、とてもひっそりとした本だった。本当は自分だけが読んでいるわけはないのだが、大きな事件や冒険が描かれるのではなく、詩のようだけれど詩ではない、けれども物語とはまた違う、いわく云い難い短い文章をあつめた薄手の本だった。その本を読むと、もどかしい思いが落ち着いて、自分もいつかこんな本を書いてみたいと思うようになった。たぶん、そのときの自分は何か表現をしたくても出来ずにいる自分をもどかしく思い、その本を読んだことで、読むことに限らず、書くことが自分の頭を整理する手だてになると直感したのだろう。

もうひとつは「場所」である。この世のヘソのような場所を自分で「ここ」と決め、ときどきその場所で時間を過ごすことで、ささくれだった気持ちをフラットにすることを覚えた。

それは自分ひとりだけのひそかな儀式だったが、あるときはデパートの屋上がその役割を果たし、あるときは上映中の映画館のロビーにいると心穏やかになった。そして、あるとき以降はイノダ三条支店の円卓が、自分だけに判る自分の「ここ」となり、なぜか判らないが、その場所が「ここ」にふさわしいという理屈や理由がない方が望ましいと思えた。理由がない方が、その場所が「ここ」であると信じられたのだ。

もうひとつ、自分にとっての「ここ」の候補として数えていいかもしれないものにキヨスクがある。横文字を使うとＫｉｏｓｋだが、その名にこだわりがあるわけではないので、「駅の売店」と云った方が正しい。

もっとも、これは円卓の話と違い、客として訪れるのではなく、自分が売り子になってあの小さな店で働きたいのである。長年にわたる憧れのひとつで、菓子やタバコや雑誌や飲みものといった、こまごまとしたものばかりを売っている小さな店に愛着を覚えていた。

いや、小さいだけでは不充分で、当たり前の話だが、キヨスクは駅のホームや構内にあることが身上《しんじょう》である。それも、ターミナル駅のような常に人が右往左往しているところが好ましい。

この自分のおかしな嗜好について、なぜそうなのかとずいぶん考えてきたが、そもそもぼくは大都市にあるいくつもの鉄道が交錯した迷宮のような駅に惹かれてきた。

思うに、駅を行き交う人たちは、皆それなりに目的を持っていて、東京駅のようなとりわけ大きな駅となると、遠くから来た人とこれから遠くへ行く人のエネルギーがあちらこちらですれ違う。プラスとマイナスが干渉したように独特な渦が生じ、力がひとつの方向に流れるのではなく、ランダムに自在に行き交っているさまに感応してしまうらしい。

だから、こうした駅の只中《ただなか》にいるだけで活き活きとしてくるばかりか、頭の回転がいつもより速くなっていることに気づく。


いまのところ、キヨスクで働いたことはないけれど、きわめて似たような状況下でアルバイトをしたことがあった。

それは、とある百貨店の書籍売場で、その百貨店は地下鉄の駅が建物に食い込んでおり、駅の改札から一メートルと離れていないところにその売場はあった。ざっと見て、どこまでが駅で、どこからが売場なのかよく判らない。

夏のアルバイトだったのだが、まったく冷房が効かなかった。本当は効いていたのかもしれないけれど、五分おきに発着する地下鉄がいちいち熱いため息のようなものを吐く。ドアがひらくなり客がホームにあふれ、その熱量もまた大変なもので、電車から人が吐き出されるたび、多くの客がすさまじい熱気と共に書籍売場になだれ込んできた。

ぼくはその売場にひとりで働いていた。おもにレジを打っていたのだが、どういうわけか一時に何冊も買っていく客が多く、そのたび、指が腫《は》れ上がるほどレジを打った。腫れ上がった指で本にカバーをかけ、雑誌を袋に入れて、ときにはプレゼント用のリボンをかけた。包装し終えた本に「のしをかけてください」と託され、「お祝い」と筆ペンで書いたこともある。そうするあいだにも、「○○という本はどこにありますか」「△△という雑誌はどこにありますか」と、とめどなく案内をもとめられる。

そのうえ、一応、百貨店の売場なので、店内の御案内もしなくてはならない。朝から晩まで、たびたびお問い合わせを受けた。「肉売場はどこにありますか」「懐中電灯は何階に売っていますか」「催事場では何をやっていますか」

それだけならまだしもである。立地上、地下鉄に関する質問も飛んでくる。「〇〇へ行くにはここから乗ればいいのですか」「△△までは何分くらいかかりますか」――等々。

夏休みのひと月半。あれほど多くの人に接したことはない。あれほど多くの本に触れたこともない。あれほどレジを打ったことはないし、あれほど地下鉄を見送ったこともない。人の熱気と書物が発する熱気が拮《きっ》抗《こう》する中、人が本と出会う瞬間をこれ以上ないという至近距離で体感した。またとない刺激的な経験だった。

いまでも駅と百貨店はかろうじて健在だが、その売場はもうずいぶん昔になくなった。もうないと知っているのに、地下鉄に乗るたび、つい確かめてしまう。


皆、忙しそうだった。あのころは誰もが過剰に働いていた。誰もが時間に追われ、それでも本を買っていった。どんなに忙しくても、皆、本を読んでいるという事実がわけもなく嬉しかった。

本を読んで人は現実逃避をする。本を読んで人は考える。どちらでもいいけれど、ぼくは「考える派」だったので、皆、きっと考えたいのだろうと勝手にそう思っていた。本を読むことで考えるきっかけが生まれたり、わずかながらでも、読んだことで考えが変わったり前へ進んだりするのは悪いことではない。そう思っていた。

＊

本というのはこれすべて過去から届く誰かの声である。

しかし、書いている側からすると――まさにいまこうして書いている自分の実感なのだが――本というのはこれすべて未来に向けて、未来の読者に声を届けるために書いている。

この「過去」と「未来」はそれぞれ途方もない奥行きを持ち、とりわけ過去の方は、その時間の長さが確定しているので、云ってみれば、書物というものが生まれてから現在に至るまでの膨大な「知恵」や「思い」や「経験」が染み込んでいる。

それらは意識的に、あるいは無意識のまま、リレーのバトンを手渡す要領で引き継がれてきた。声の持ち主の多くはすでにもうこの世にいない。それでいいのである。それが本なのだから。

読む者は先人の声に耳をかたむけるためにページをひらく。本は声である。声というものは見えないし触れることも出来ないが、本という物体は、この手とこの目で確かめることが出来る。

だから、ひとりの人間が生きて死んだ証《あか》しとして墓石を置くように、紙でつくられた物質としての本は、いまはもうここにいない人たちの声の証しになる。

それゆえ、本はどのような時代にあっても物体である必要がある。ここにこうしてある、と手で触れて確かめられるものである必要がある。ときに、本は住居空間を占拠し、場合によっては煩《わずら》わしいものとして見なされてきた。とりわけ、古い本は破れていたり汚れていたり染みが浮き出ていたりするものもあり、そうした見た目だけで、汚いものと敬遠されることもある。

けれども、その傷や汚れこそが、その「声」が長いあいだ誰かに守られて生きのびてきた証拠で、傷や汚れを手で触れたり目で確かめることが、そのままそこに流れた時間の確認になる。

そもそも、日本で暮らしている人たちの多くが、折にふれて、京都へ行きたいと思うのはどうしてなのか。

それはもしかして、傷や汚れを負いながらも、千年にわたって守られてきた事物に触れるためではないか。そこに流れた時間が孕《はら》む人々の機微——数えきれないほどの喜怒哀楽を確認するためではないか。

その確認に促されて、自分の中で消えかかっていたものや、別の何かに占拠されて見失っていたものを、「ああ、そうだった」「忘れていた」と、こぼれ落ちる寸前でポケットの中にしまいなおす。さらには、この都だけではなく、さまざまな場所のさまざまな時代の喜怒哀楽にまで思いがひろがってゆく。
そうした過程の一部や全体を「リセット」と呼んでいいかどうか判らないけれど、自分の中にある傷ついたり壊れかかったりしているものを鏡に映して確認し、「治したい」「戻したい」「清めたい」と、もとめるところは、やはり日本人が昔から好んできた湯浴《ゆあ》み――温泉をもとめる思いに似ているかもしれない。

ところで、温泉というのはわざわざ遠くまで出向くところに価値があるらしい。ぼくは週のうちの三日くらいは、歩いて五分の距離にある銭湯に通うのを習慣にしているが、それではどうも駄目なのである。仮にその銭湯の湯が定評ある温泉に匹敵する薬効を誇っていたとしても、習慣化して日常の一部になってしまったら、もう意味がない。

温泉には体をほぐすだけではなく、心の方も清める効果があるように思う。というか、そう思いたい。なにしろ、せっかく来たのだから——。

この「せっかく」なのである。「わざわざ」なのである。

（わざわざ、日常ではなく非日常に身も心もゆだねるのだから）

そう自分に云い聞かせるところから「清め」はもう始まっている。必ず云い聞かせる必要がある。意識がそちらを向いていないと、すべては日常の延長になり、湯につかるうち、つい、うとうとして目を覚ましたときに、さて、自分はいま、歩いて五分の銭湯の湯につかっているのか、それとも人里はなれた山奥の温泉の湯につかっているのか、即座には判断がつかなくなる。

距離なのである。

日常から遠く離れている必要があり、電車を乗り継いで何時間もかかるような、便利でもなければ身近なところでもない方がいい。

これは先の本の話にも通じていて、住居空間をおびやかすような山と積まれた本は、ときに「煩わしい」と疎《うと》まれる。

が、この世には「疎ましさの効用」とでも呼ぶべきものがあり、たとえば、忘れてはならないことを手の甲にマジックペンか何かで目立つように書いておくことがある。あれはつまり、自分の手の甲にあえて「疎ましさ」を刻んでいるわけで、疎ましいからこそ平穏な日常が乱され、そこだけ違和感＝異界が顔を覗《のぞ》かせる。その違和感が忘れないためのストッパーになっている。

そういえば、先に書いたとおり、本は現実逃避のための装置でもあった。云い換えれば、異界に参入するための入口であり、『不思議の国のアリス』に登場するチェシャ猫の笑いのように、そこだけ異界が口をあけて、猫の体は見えないのに、猫の笑う口だけが宙に浮いている。

それが本である。

つまり、本はそもそも日常をおびやかす性質を備えていて、不意に日常の隙間から笑いかけてくるときがある。たとえ、その笑いが不気味で疎ましいものであったとしても、われわれには忘れてはならないのに、忘れてしまいがちなことがある。マジックペンで手の甲へぐりぐりと押しつけるように書いておくべきことがいくつもある——。

だから、本というものは、われわれが身を置いている日常の空間をところどころ押しのけるようにして存在している方がいい。疎ましくて結構。厚みや重みがあってこそである。

云わば、その重さを買っているのである。

たとえば、ふとひらめいて、何かいい考えを思いついたとしても、そのことばかりを考えつづけるわけにはいかないときがある。それで、そのいい考えを、そのうち忘れてしまうことがあり、そうした考えの中には簡潔な文章に置き換えるのが難しいものもある。混沌とした言葉を右から左から尽くすことで、ようやく輪郭が浮かび上がるものもある。

そうなると、覚書をしたためるのも容易ではなく、混沌としたまま冷凍保存をするようにどこかに保管しておくしかない。

それで人は、たびたび友人や知人や恋人や家族と語り合ってきた。言葉を交わすことで、混沌としたものを混沌としたまま共有してきた。そして、いったん共有したら、たびあるごとに、そっくりなぞるように繰り返し話し合ってきた。

「その話、前にもしたよ」

今夜も、どこかの酒場の片隅からそんな声が聞こえてくる。

「また、同じことを話してる」と、お互い呆れ返ることもしばしばだ。しかし、頭の奥にしまい込まれているものを、しまい込まれているからこそ、そうして何度も指差し確認する必要がある。

そうしないと、人は頭の中にあるものを――かなり大事なことであっても――悲しいかな、さっぱり忘れてしまうものだ。頭の中は見えないし、ここでもまた「時間」という怪物が大いに幅をきかせているので、うつつを抜かしたり、ぼんやりした日々を送っていると、「時間」はこぞとばかりに、われわれの頭の中にあるものを、ごっそり持ち去っていく。

云うまでもなく、友人や知人や恋人や家族は自分の頭の外にあり、自分の頭の中だけで完結させるのではなく、そうして誰かに話すことで、外に――つまり、他人の頭の中に自分の「考え」を預けておく。そして、預けた相手と、「そういえば、あの話だけど」と何度も繰り返し語らえば、忘れてしまう率が少しは減少するかもしれない。

ただし、双方の頭からこぼれ落ちてしまったらそれまでだ。

なにしろ、「時間」と「忘却」は連れ立ってあらわれることが多く、このツートップにゴールを決められたら、もうひとたまりもない。何を忘れてしまったのかも判らなくなる。


ここで云う「時間」は、じつを云うと、子供のころから自分の中に棲みついているもので、それがまだ若いうちはよかったけれど、こちらが歳《とし》をとるごとに、いよいよ怪物化して、あるときを境に手に負えなくなった。

思えば、子供のころの「時間」は「未知」と呼びかえていいものだった。そのあらかたは未来に属し、「時間」はいつでも未来の側にたっぷりあった。知識も経験もない子供にとって、それはひたすら「未知」の領域だったのだ。

が、歳をとるごとに「時間」は「記憶」となって過去の側にふくれあがる。覚えておくべきことだけならいいのだが、いつのまにか余計な情報や小賢《こざか》しい情報も吸い上げ、それこそ混沌とした魑魅魍魎《ちみもうりょう》と化す。

そこへもってきて、「忘却」というもうひとつの怪物が暗躍し始める。

「忘却」がおそろしいのは、怪物でありながら天使でもあるところで、過去の側にふくれあがった膨大な記憶を、「なかったことにしておきますね」とばかりに掃除してくれるのだ。

「あなたの小さな頭の中には、こんなに沢山《たくさん》おさまりませんから」

耳もとで優しく囁《ささや》き、何のことわりもなしに、膨大な記憶を、いつのまにか勝手に消去してしまう。

こうして人生の後半は、「時間」と「忘却」という大食漢の怪物と戦いつづけることになる。

「時間」は容赦なくバリバリと未来を食いつぶし、「忘却」は気まぐれなつまみ喰いのように過去を食いつぶしてゆく。

そこで、本の「重さ」である。

生活空間を圧する本の物理的な重さや大きさが、手の甲に書くべき「忘れてはならないこと」をアラームのように教えてくれるのだ。人の記憶などというものは、自分の容量に加えて友人、知人の脳まで駆使しても、結局、「忘却」の力には抗《あらが》えない。

しかし、本は忘れない。

われわれの代わりに覚えておいてくれる。そこに書かれてあることはもちろんのこと、その本を読んだときのこちらの思いや考え、読んだときの環境――時間や匂いや音や天候といったものまで再現してくれる。そこによみがえる湿度や香りといったものは、形ある箱の中におさまるようなものではなく、生きもののように伸びたり縮んだりして、本来はとらえようがない。

が、本を読むときは、いつもよりはるかに脳が活き活きとしているので、字を読んで理解していくときに、頭の中の混沌ぶりや、「考え」に伴うノイズのようなものまで巻き込んで記録されていく。

それは、もしかして「忘却」の力が立ち入ることの出来ない領域かもしれず、本と自分の脳がタッグを組むことで、最新のデジタル機器も敵《かな》わない、まったく別次元の記憶装置が起動しているのではないかと思われる。

本はそもそも、考えや物語といったものをおさめたコンパクトな収蔵庫だった。と同時に、本は「本を読んでいる自分の脳のありよう」をノイズごと吸収する記憶装置でもあった。

そういえば、デジタル技術の恩恵のひとつはノイズの除去だったが、いざノイズがなくなった映像や音楽に触れてみると、じつは、あのノイズの方にこそ、記憶されるべき何ものか——物事のぬくもりや微妙な感触といったものが含まれていたのだと気づいた。

書物がわれわれの頭の中のあれこれを記憶するというのはお伽話《とぎばなし》のように聞こえるかもしれないが、長らく本を読んできた者としては、「いや、本当にそう感じるときがある」と確かにそう思う。

その実感は紙でつくられた本のページを指先でめくっていくときに起こり、物質的に手の中に本があることで、その紙の束に「こちらの記憶が染みつくようです」と誰かに教えたくなる。

いや、本当は「誰か」の存在など必要ない。自らアウェイな状態に置かれることを望んで、京都に来ているのだから――。

*

それでも誰かと話したいときは、京都どころか、この星全体をアウェイと見なす「地球の外から来た友人」を頭の中に思い浮かべる。そして、その友人と会話をすることで、ほんの束の間、気を紛らわせる。

その友人は、云ってみれば異星人で、男とか女とかいった性別はなく、ただし、姿かたちはわれわれと同じで、言語を自在に操って、この世界のこと――この地球という惑星について、ただいま勉強中である。

彼／彼女としては、われわれの習わしに不可解な点が多々あり、こちらが話しかけるというより、彼／彼女に問われた答えを探すことで、こちらの考えが前に進むという仕組みである。だから、彼／彼女と話すことは頭の中で試みるワークショップのようなものに近い。

「忘れてしまったものと、なくなってしまったものは違うのですか」
と、彼／彼女が質問する。

「なくなってしまったもの」と聞いて真っ先に連想したのは街で、正確に云うと、街をかたちづくっている店やビルディングや駅舎といったものである。この国の街の風景はすさまじい速さで変化してきた。街なかに生まれて大人になっていくということは、子供のころから親しんできた街の風景が、ひとつひとつなくなっていくのを目の当たりにすることだった。

風景が消えると、その風景が孕んでいた記憶も消えてゆく。

「忘れるというのは、自分の頭の中で起きていることですが、なくなってしまうのは、自分の外側で起きていることです――」

やや自信なく、彼／彼女にそう答えた。

「だから、忘れてしまったことは自分しだいで取り戻せるけれど、なくなってしまったものは、たぶんもう取り戻せません」

「そうですか」と彼／彼女はいかにも残念そうに云った。「なくならないようにする方法はないのでしょうか。あるいは、なくなってしまったものと再会する方法はないのでしょうか」

「ときどき、タイムマシーンがあったらと思います。でも、どうやら、われわれには発明できそうにありません。だから、せめて後世の人たちのために、たとえば、ある街のある時間を、空気ごと真空パックして保存できないものかと思うんです。そうしておけば、未来の人たちはその真空パックされた街に出かけることで過去の時間を取り戻せます」

「真空パック？　街をまるごとですか？」

「いえ、本当に真空パックするのは難しいでしょうが、徹底した保存なら可能なはずです。要は、決して壊したり変えたりしないということです。そんな街がひとつくらいあってもいいと思うんですが――」

「京都はどうなのでしょう？」

「そうか」――と思わず足をとめた。彼／彼女の幻影は消え、碁盤の目につくられた路地の途上で考えた。

たとえば、冬の曇った午後に大徳寺の境内を歩いていると、いにしえの時間がそのままそこに残されているのがまざまざと感じられる。それも、車の行き交う大通りからほんの数分で「いにしえ」に参入できるのだから、タイムマシーンでワープするのと感覚としてはきっと同じだ。

こういうとき、京都に住んでいる人を心底うらやましいと思う。これほどの「いにしえ」と隣り合わせて暮らしているのだから。

が、それが日常になって当たり前になってしまったら、どう感じるのだろう。もしかして、温泉と同じように、知らず知らずのうちにありがたみが薄れていくということはないのだろうか。となると、このワープするような感覚は旅行者の方がより強く感じている可能性がある。

ならば、ここはひとつ東京から来ていることを逆手にとり、京都へ行くときは、なるべく短い滞在――場合によっては日帰りを選ぶのもいいかもしれない。もちろん、酔狂であることは承知の上だが、うまくいけば、一瞬で「いにしえ」に飛んで戻ってきたような醍醐味《だいごみ》が得られる。日帰りは極端だとしても、決して長期滞在ばかりが得策ではない。短く時間を限ることで、タイムマシーンを発明しなくても、旅行者こそが「忘れてしまったもの」や「なくなってしまったもの」の再現を色濃く感じることが出来るのかもしれない。

本は忘れない、と先に書いたが、街もまたしかりである。街もまたきっと忘れない。街は人が忘れてしまったものを記憶している。街を歩いてその細部に意識を働かせると、頭の中の奥深くにあるものと呼び合って記憶が少しずつ解凍されていく。

部屋にとじこもって考えるのではなく、なぜ街を歩いて考えたいのかと云うと、街には自分が見失ってしまった記憶が浸透しているからだ。「このことは忘れないでおこう」とつぶやいたときの自分の思いが、まだそのあたりに漂っているとさえ思う。

そう思えば、路地をたどり歩くことは記憶をめぐり歩くことに違いなく、脳の断面図が迷路によく似ているのは、あながち偶然ではない。「本」と「街」と「考える」は頭の中でつながっているのである。

II

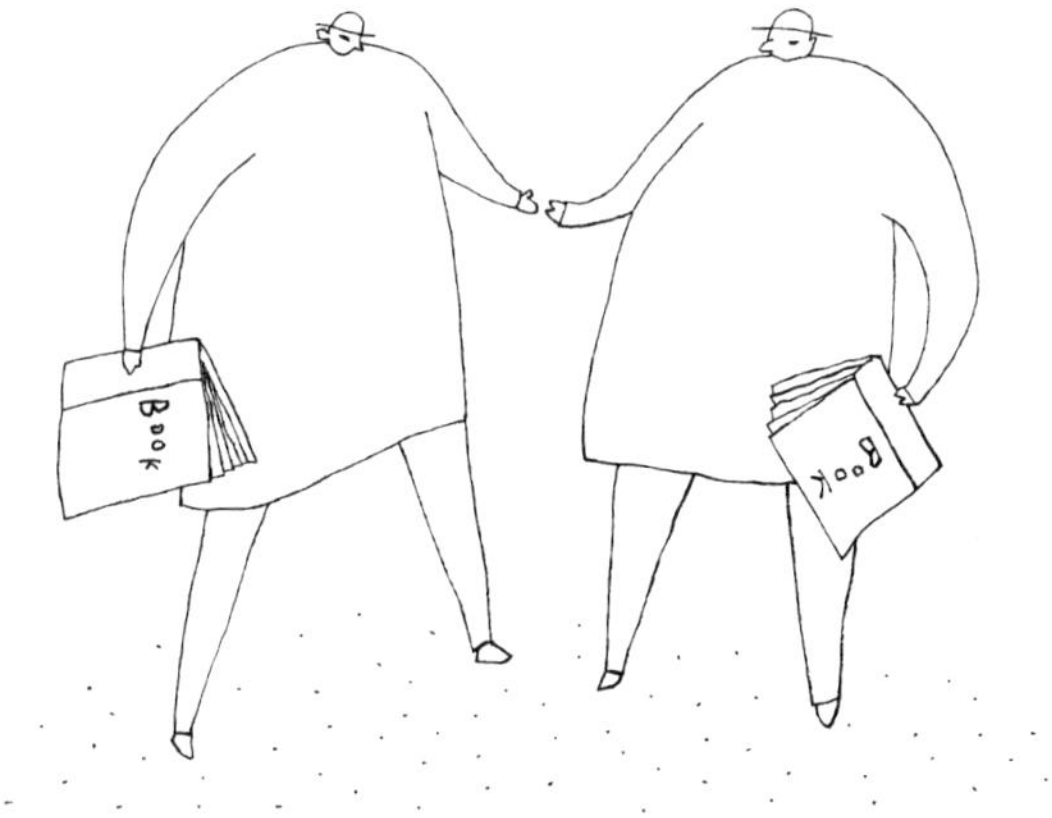

＊

何頁か前に紫野・大徳寺の名を挙げて、いかにも情緒をもとめて足を運んでいるかのように書いた。しかし、じつを云うと、その門前近くの菓子舗に用があり、銘菓「味噌松風」の切り落としを目当てに紫野まで出かけるというのが本当のところである。

そのあとに、ついでとは云わないまでも、大徳寺の境内を歩き、そうして行き着くのは北側の裏手に位置する今宮《いまみや》神社の参道である。ここにも名を馳《は》せた菓子を食わせる茶屋があって、そっくり双子のような店が参道を隔てて、あちらとこちらに構えている。二軒はそれぞれの歴史を持った別の店であり、しかし店構えにしても、皿にのってあらわれる焼きたてのあぶり餅の様子にしても、鏡に映したように同じである。

それで、さて、どちらの店の客になるかと思わず腕を組んでしまうのだが、ある人は「あちらの店でかならず食べます」と云い張り、ある人は「いえいえ、こちらの店で決まりです」と迷わず断言する。

構えがそっくり同じなら、常連客の数もまた一緒なのか、意見は五分五分で軍配はどちらにも上がらない。

であるなら、これ幸いとばかりに、あちらとこちらを行き来し、どちらを贔屓《ひいき》にするのでもなく、いそいそとハシゴをして、ふた皿ともいただくことにしている。見た目はそっくり同じでも、その味は微妙にして絶妙にそれぞれの主張があり、どちらかひとつではなく、ふた皿とも平らげるのがいかにも自分らしいと自分を讃《たた》えたくなる。

単に食い意地が張っているだけなのだが——。

あちらなのか、こちらなのか――。

人はどうしてそんなふうに「考える」のだろう。

いつからか考えることは当たり前になり、「自分はいま考えている」と意識することもなくなった。あらためて「どうして考えるのか」と自問してみると、これにはたぶん答えがふたつある――。

ひとつは簡単な話で、ぼくはこの世のあれこれについて、知らないことがあまりに多い。

「アイディアはどのように生まれてくるのでしょう?」という質問をよくいただくが、そのたび、「無知だからです」と答えてきた。本当に何も知らないので、ひとまず自分で考えるしかない。

「なぜ、地球は自転しているのか」「なぜ、人は泣きながら生まれてくるのか」「なぜ、人は祈るときに右手と左手を合わせるのか」

いずれも正しい知識を持ち合わせていないので、自分なりにこういうことではないかと考えてきた。その結果、期せずして正解を云い当ててしまうこともあったが、あらかたはでたらめな答えしか出せない。が、そのでたらめぶりが自分でも面白く、それがそのままアイディアに化けることが何度もあった。

いずれにせよ、答えを知ってしまったらそれまでである。

地球が回っている仕組みを理解したら、それきりもうなぜ回っているのか考えない。このごろはスマートフォンを利用したネット上の検索によって、こうした疑問がたちまち解き明かせる。正確であるかどうかは、はなはだ怪しいが、およその答えは、頭の上に浮かんだハテナマークが消えないうちに得られる。

となると、そうして手っ取り早く検索をするたび、アイディアの生まれる機会を逸しているのではないか——。

そこへいくと、受験生はじつに素晴らしい。彼らや彼女たちは自習するとき、要《かなめ》となる言葉や数字や記号を自ら隠すことで記憶力を鍛えてきた。ただ残念なことに、ひとたび社会人になると、彼も彼女もかつてのように答えを封印して記憶力や想像力を鍛える練習をしなくなる。いま書いたとおり、記憶も想像もそのあとに「力」が付く言葉で、そうである以上、その維持にはそれなりの鍛錬を必要とするはずなのだが——。

*

「どうして考えるのか」のもうひとつの答えは、「本当にそうか」と、しばしば思うからだ。

「知らないこと」ではなく「知っていること」に対して疑念を抱いてしまう。すでに常識となっているスタンダードな認識に、「本当にそうか」と申し立てをしたくなるのである。

このごろになってようやく思い至ったのだが、自分が顔をしかめてしまうようなことは、どうやらいずれも「決めつけること」に起因しているように思う。正しくは、「決めつけられること」で、もっと早く気づいていれば、どうして学校というものが苦手だったのか、どうして大人や先輩や部長や監督の云うことにいちいち反発していたのか、あんなに悶々《もんもん》とする必要はなかった。

とかく世の大人たちは——まぁ自分も大概いい大人なのだけれど——なんでもかんでも、いちいち決めつけるのが得意である。いや、大人たちだけならまだしも、大人たちに云いくるめられた連中が、決まりきったセリフをここぞとばかりに繰り出してくる。

「単なる模倣だね」「自分なりのこだわりを持ちなさい」「足が地についい

てないよ」「どうにも捉えどころがないなぁ」「引き出しの数が少ないよ」「同じことばかり繰り返してる」「なんだか物足りないね」「現実をよく見なさい」

いずれもどこかで聞いたようなセリフで、それこそ模倣でしかないセリフを、したり顔で繰り返している。

大体、こうした指摘はいずれも正しいのだろうか。

足が地についていないのは、いけないことなのか。模倣をせずに、こだわりを持って、引き出しの数を増やすことが本当にいいことなのか。

大人および大人に毒された人たちは、単に聞こえのいいセリフを口にすることで満足しているだけではないのか——。

それで、こう思うことにした。

誰に頼まれたわけでもないけれど、自分はこの社会において「考える係」を担当し、皆が家具をつくったり、お金を計算したり、ピザを焼いたり、飛行船を設計したりしているときに、忙しい皆の代わりに「本当にそうか」とひたすら考える。

そういう仕事というか、小さな店のようなものがあったらと思う。山奥にこもって考えるのではなく、絶えず多くの人が行き交う都会のターミナル駅に、キヨスクのような小さなブースを設けてそこで考える。「大は小を兼ねると云うが、本当にそうか」「二《に》兎《と》を追う者は一兎をも得ずと云うが、本当にそうか」——。

つい格好をつけて、いかにも皆のために考えているかのように書いてしまったが、自分自身に「本当にそうか」と問いただせば、本当はもっと切実な理由がある。子供のころから考えることが習慣になっていたのは間違いないけれど、拍車がかかったのは、小説を書くことが自分の仕事になったからだ。

小説というのはやはり何らかの考えが元になって書かれることがほとんどで、たとえ何の考えもなしに書き始めたとしても、書いていくうち文章の端々《はしばし》に自然と考えが宿り始める。

しかも、そうした考えや自問といったものに、何かしら答えをもとめたくなってきて、書き手も読み手も最初はそんなつもりはなかったのに、いつのまにか答えのようなものを探している。

「いいえ、この小説には答えなどないのです」と公言しても、そのセリフが独り歩きをして、逆説的な答えとみなされる。

しかし、その一方で書くたびに発見はあり、とりわけ、「物語」と呼ばれるものを書く段になって、非常に重要なことに気がついた。

小説は答えがひとつだけでは書けないのである。

いや、書こうと思えば書けないこともないが、それはきっと自分が望んでいるものにはならない。これは小説に限ったことではなく、云いたいことがひとつだけでは、いい表現は出来ないように思う。独りよがりになりがちで、Aというひとつの答えに向かって、ひとつの主張を押し通すだけのものになってしまう。

おそらく、物語というのは、このAに対抗するBというもうひとつの主張があらわれたときに活き活きと動き出す。

このBなる人物はAを正当化するために起用されるのではなく、Aと対等に争える考えや答えを携えている必要がある——。

読者として読んでいたときは、AとBのふたつの主張がぶつかったり、からみ合ったり、すれ違ったりするのを、ただ楽しんでいればよかったのである。ところが、いざ自分が書くとなったら、考え、主張、答えといったものを、最低でもふたつずつ用意しなくてはならない。

逃げ出したくなった。

と云っても、自分の小説はAとBがしのぎを削るような話はほとんどないので、あらかじめ逃げ出しているようなものなのだが——。

それでも、Aに次いでBという人物を登場させたら、その人は自ずとAとは別の思惑や背景を持った人物になっていく。

これは、漫才というものを思い出してみればあきらかで、というか、ここまで書いてきたことは、ほとんど二人漫才について書いているのではないかと思われる。

ひるがえして云うと、書き手はAとBという二人の登場人物に自分の中にあるふたつの考えを託して書くことになる。漫才がそうであるように、二人はそれぞれの意見を云い合い、書き手としては、この「云い合い」を書きつづけることによって、停滞しがちな自分の考えを多角的に進展させていく。たしか、ソクラテスもプラトンもガリレオもこの方法で自分の考えを磨いていた。地球の外から来た異星人との対話もこれに当たる。

こうしたことを学ぶうち、

「答えはいつもふたつある」

と思うようになった。

だから人生も漫才も面白いのである。

しかしです――。

この「答え」を「真実」という言葉に置き換え、「真実はいつもふたつある」と口走ったら、たちまち野次が飛んでくるかもしれない。

「だって、真実がひとつだからこそ、それを見つけるために考えるのではないですか」

このツッコミに気の利いたボケを返せる自信がない。

ただ、この件については偉大なる先達がいて、その昔、芥川龍之介が『藪《やぶ》の中』という小説を書いて、それこそ「本当にそうか」とばかりに、真実＝真相は必ずしもひとつではないと明快に示した。

起きたことはひとつだが、解釈はいくつもある――。

それぞれの心情を汲《く》めば、解釈は人の数だけあり、その人にとっては自分の解釈こそがただひとつの真実になっていく。

かくして喜劇と悲劇はどこまでも生産されつづける。

「真実」がひとつではないからである。


小説は真実や答えを云い当てるために書かれるのではないと思う。そう思うけれど、もちろんこの考えにも「本当にそうか」とこの先何度も自分でツッコミを入れていくことになる。だから、何年かしてこれまでとは違うタイプの小説をいくつか書いたら、「やはり小説は真実を追求するために書かれるものです」と澄まし顔で云っているかもしれない。

でも、いまはこう考える。

いくつもの解釈を並列させたり戦わせたりすることでドラマが生まれ、「これぞ真実」と思える答えは「ここ」にもあるが、かならず「そこ」にもあるのだ、と。

とはいえ、「ここ」は、「ここです」と自分の足もとを指差すことが出来るけれど、「そこ」というのは、はたしてどこのことなのだろう。

仮に「ここ」が「自分」のことを意味しているのだとしたら、「そこ」は「自分」の外にあることになる。

では、「自分」というのは、どこまでが「自分」で、「自分」のテリトリーや居場所というのは具体的にどこを指すのか——。

＊

ぼくは東京二十三区の西側にある世田谷区のほぼ真ん中あたりに生ま

れ、そのあと転居したが、いまは戻って、またそこに住んでいる。

二本の私鉄電車が近くを走り、さらにもう二本がそう遠くもないところを走っている。車に乗らないので、どこへ行くにも電車で行くのが当たり前だったが、あるとき、「本当にそうか」と思い立って、どこへ出かけるにも自転車で行くようになった。いまは、同じ区内であれば、まず自転車を選ぶ。

ただ、ひとつだけ躊躇《ちゅうちょ》された街があって、それは世田谷の西南のはずれにある二子玉川という街だった。

念のため云っておくと、ぼくが乗っている自転車は変速ギアすら付いていない、金一万円也の代物《しろもの》で、スピードは出ないし、チェーンは外れるし、後輪ブレーキが断末魔のような悲鳴をあげるオンボロ号である。

で、そのオンボロ号で自分の住居から二子玉川を目指して走ってゆくと、環状八号線を越えたその向こうが、どの道を行っても恐ろしいばかりの下り坂になっている。これは実際にそのあたりを自転車で下ったことがないと伝わらないかもしれないが、感覚的にはジェットコースター並みの急降下を強いられる。とても、わがオンボロ号ではまともに下ることは出来ない。間違いなく断末魔の悲鳴が延々とつづいてしまう。

それで、何度か坂の上に停まって、多摩川の向こうに落ちていくでっかい夕陽を恨めしげに眺めては、すごすごと引き返していた。

そうしたある日、ふとしたことから高低差の判るロードマップを手に入れ、あの恐ろしい急坂を使わずに二子玉川へ到達できる道はないものかと探ってみた。すると、わずかに一本だけゆるゆると下ってゆく坂道が見つかり、さっそく走ってみたところ、少々遠まわりではあったけれど、オンボロ号でも悲鳴をあげずに走破することが出来た。

この初登頂ならぬ初降下に成功してからは、頻繁に二子玉川へ通うようになり、この街の中心を占めるT百貨店の中にある喫茶店などで原稿を書くようになった。

もともと原稿は外で書く習わしである。ノートとペンをリュックに放り込み、図書館、喫茶店、食堂、公園、バス停、駅——等々、どこへでも出かけていく。机があれば幸いだが、なくても膝の上にノートをひらけばそれでいい。

ちなみに、いまこうして書いているこの文章も京都市内を転々としながら書いてきた。喫茶店を渡り歩いて書き、市バスに揺られながら書き、ホテルのロビーと蕎麦屋と洋食屋の片隅で書いてきた。


二子玉川の象徴とも云えるT百貨店は横長の巨大な客船のようで、その客船のあちらこちらにコーヒーの飲めるところはもちろん椅子やソファが置かれた休憩所が点々とある。新しさと「昔ながら」が混在していて、適当に込み入っていたり、突然、間延びした空間に出くわしたりして、買い物をしながら迷子のようにさまよって半日を過ごす。

晴れていれば屋上にのぼり、日よけパラソル付きのアルミの丸テーブルで一時間も二時間も書く。これがどういうわけか他の街で書くより筆が進むのだ。

考えてみると、二子玉川という街はその名のとおり多摩川のほとりにあり、川を渡ったその向こうは神奈川県川崎市である。どうも自分は、そうした境界の出入口に身を置くと身も心も活性化するらしい。先に書いた「駅」などその最たるものだ。

とりわけ東京駅の構内にあるコーヒー・スタンドなどで原稿を書いていると、書いている手が追いつかないほど言葉が溢《あふ》れ出てきて収拾がつかなくなる。横浜や神戸といった港町に惹かれるのも同じ理由に違いない。ホテルのロビーや劇場の舞台袖にいると気分が良くなるのも、どこか通底するものがあるかもしれない。

「ここ」と「そこ」の境界というか、すぐ向こうに「そこ」がひろがっているのが、なぜか心地よく感じられるのだ。


なにしろ、遠いところに行ったことがない。端的に云えば、外国に行ったことがない。国内ですら行ったことのないところが沢山ある。行きたくないわけではないし、旅は好きなのだが、理由は簡単で、とにかく飛行機に乗りたくない。ときどき、街なかで頭の上を飛行機が通過していくのに気づくと、あんな高いところに何人も人が詰め込まれて移動しているなんて、「どうかしてる」と思う。

子供のころから高いところにもスピードにも興味がなかった。なにごとものんびりしている方がよく、こう云うと、すぐに「スロー派」などと決めつけられるが、スローすぎるのもいただけない。

しかし、だからと云って、「外」へ行かなくなるのは、なおさらいただけない。

いまいるところから外に出ていくこと——それがつまり考えるということで、外に出ていくのは、これまでの自分の認識に「本当にそうか」と疑念を抱くからである。もし、いまいるところに何の疑問も感じないのなら、そもそも考える必要もないし出ていく必要もない。

「本当にそうか」と、たびたび口ずさむ自分は、しばし外へ出ていく必要がある。「しばし」でいい。「しばし」が終わったら、すみやかに自分の居場所に戻り、戻ってくることで、はじめて外が外になる。

しばし、自分のテリトリー、自分の食う寝るところから離れ、生活からも情報からもほとんど丸腰で外に出ていく。そうして情報の外に出ない限り、きっと情報に包囲されたまま一生を終えてしまうだろう。そういう人生を選ぶ人もいるだろうが、情報に頼りすぎると自分がなくなっていくようで何だか面白くない。

思えば、インターネットを使い出したのも、携帯電話を持つようになったのもずいぶん遅かった。「外へ」と希求する思いは逃走願望と紙一重で、情報というより、電話の呼び出し音から常に逃げ出したかった。二十四時間、地球の果てまで追いかけられるなんてまっぴら御免である。

ところが、携帯電話というものには、「圏外」を表示する機能があると知って快哉《かいさい》を叫んだ。「どこにでも通じる」機械は、「どこにいたら通じないか」を教えてくれる機械でもあったのだ。

それで、携帯電話を「圏外探知機」として使うようになった。面白いことに、遠くまで逃げ出さなくても、街なかの至るところに電波の届かない聖域があることを知った。こんな愉快な話があるだろうか。

＊

そういえば、ぼくには特殊能力とも、めずらしい病いともとれるおかしな特性かつ持病があり、能力として発揮されるときは「空間把握力」

と呼び、病いとして苛《さいな》まれるときは「空間把握症」と呼んできた。

能力の側から云えば、大体どこにいても、いま自分が地図上のどのあたりにいるのかすぐに把握できる。たとえば、路地裏の曲がりくねった道を右へ曲がったり左へ曲がったりして、たまたま見つけた喫茶店のたまたま空いていた席に腰をおろす。そういうときでも、「北はこちらの方角で、駅があるのはこっち」と、ほぼ正確に云い当てられる。「すごいですね」と感心される一方、あまりにでたらめにつくられた街では把握が難しく、音楽で云えば、調律の合っていないピアノを弾かされているような、何ともじりじりした思いになる。

この奇妙な能力にして病いを持った身にとって、京都という街はこれ以上ないくらい居心地よくつくられている。ついつい、「外」として京都を選んでしまうのは、碁盤の目にも喩《たと》えられる街のつくりと、その確固とした街を浸す流動的なものの存在に惹かれるからである——。

はじめて京都の街を自転車で走ったとき、北上するときの苦しさと南下するときの快さの理由が判らなかった。とりわけ南下するときの、車体ごと体が軽くなったかのような心地よさは、その理由に気づくまで、こちらの体調によるものと思っていた。

愚かにも自転車を降りて間近に鴨川を眺めるまで気づかなかったのだ。そこに川があることがあまりに自然で、北から南へ向けて——つまり上流から下流に向けて流れているという至極あたりまえなことを意識していなかった。

気づいてみればじつにシンプルな摂理で、この街は北から南へかけてなだらかに傾斜しているのである。地中の水脈が豊富なのも、この地形の賜物に違いなく、北から南へ流れる水の流れがこの街の潜在的な原動力になっていた。そのひそやかな水の力が、水だけでなく有象無象のさまざまな流れを街にもたらしていると思う。

そうして居心地のよさは確かに約束されているのに、どういうものか、京都に来たその日は、たいてい体調がすぐれない。着くなりホテルのベッドにもぐり込み、ひと眠りもすれば治るのだが、この最初だけ波長が合わない感じが、あきらかに「外」へ来たことを示している。

＊

しかし、「外」へ来てみて実感されるのは、あたりまえの話だが、自分は他所者《よそもの》であるということだ。

たとえば、タクシーに乗る必要があって道順を告げるとき、地図を確認しながら「中京区」を「チュウキョウク」、「東大路通」を「トウダイジドオリ」と読み上げたら、運転手はしばらくの沈黙のあと、「ナカギョウクにヒガシオオジドオリ」とバックミラーでこちらを覗きながら正した。

これはほんの一例で、しかし、アウェイの洗礼に萎縮しているばかりではつまらない。この「他所者」という属性を武器に変える術はないものかと考え――これは本当に冬の京都の底冷えに身を縮こまらせて考えたのだが――そうだ、スパイというのはどうだろうか、と思いついた。自分はひそかにこの街に侵入し、誰とも親密にならないし、口もきかない。なにしろ、うかつに口をひらくと、バックミラーごしに睨《にら》まれてしまう。

わざとらしく帽子を目深にかぶってコートの襟を立てた。しだいに独り言やつぶやきが長くなり、そのうち独白体の文章を頭の中でひねくり回すようになった。それがそのまま一人称で文章を書くためのレッスンになり、「ぼく」「わたし」「おれ」と、その時々で一人称を取っ替え引っ替えしながら、スパイらしく色々なキャラクターに化けた。

とかく、スパイというものは寒い街がよく似合うのである。ゆえに、冬の京都とスパイ的モノローグは相性がよく、スパイとしての自分は京都の街を歩きながら、それとなく街行く人たちを観察して、素知らぬ顔でスパイならではの発見はないものかと探しつづけた。

京都にはいい古本屋が沢山あるが、いい中古レコード屋も——すでになくなってしまった店も含めて——数えきれないほどある。

いや、ちょっと待った。こうして「いい」「いい」としきりに感心するときこそ「本当にそうか」を発動するべきで、「いい」と思うのは隣の芝生が青く見えているだけかもしれない。こちらが普段とは違う状態になっていることも大いに手伝っているだろう。

逆に云うと、普段は何でもないと思っていたものが、突然、異質なものに見え、ともすれば、またとない宝物に化ける。

これを「アウェイの贈り物」と呼んでみたい。

自分の生活圏で目にしていたときは何も感じなかったのに、こうして「外」に出て、ふと目にしたときに、突然、「ん？」となる。

かれこれ、ひと昔どころか、ふた昔前の話になるが、京都のとある中古レコード屋でビートルズの通称「ホワイト・アルバム」を見つけた。そのとき、その真っ白なジャケットの隅に打たれた六桁の数字に感じ入るものがあり、と云って、とりわけ変わったところがあるわけではなかった。

この二枚組レコードは最初に世に送り出されてから数年のあいだ、全世界共通のシリアル・ナンバー＝通し番号が打たれていた。「全世界共通」というのが本当かどうか未《いま》だに判らないが、一応、謳《うた》い文句を信じるなら、ふたつと同じ番号は存在しないことになっている。つまり、自分の持っている「ホワイト・アルバム」の番号は世界で唯一のものなのである。

そんなことはとっくに知っていたのだが、スパイとして京都に侵入しているので、こういう暗号めいたものに出会うと過剰に反応してしまうらしい。ふと、物語めいたものの導入を思いついた――。

ひとりのスパイが本部から呼び出され、「次の任務は各国から選ばれた数人の諜報《ちょうほう》員が力を合わせて行うことになる」と云い渡される。「ついては、お互いの名前や来歴を秘匿《ひとく》し、代わりにコードネームで呼び合うことになる」――そのコードネームというのが、おのおのが持っている「ホワイト・アルバム」の番号なのだ。たとえば、ぼくの場合は最初に買った日本盤の番号である「A025036」がそれに当たる。

この世界各国から選出されたスパイが、お互いを「ホワイト・アルバム」の番号で呼び合うというアイディアを思いついたら、京都中の中古レコード屋をめぐり歩いて、ありったけの「ホワイト・アルバム」を探したくなった。というか、本当に探し歩いたのだ。

何組見つけて、何組手に入れたかは覚えていないが、当然、番号入りのものに限り、それでもかなり見つかって、かなり購入した記憶がある。まったく常軌を逸した買い物だったが、これぞ京都という街の底力で、日本盤だけではなく、アメリカ、イギリス、フランス、ドイツはもちろん、デンマークやアルゼンチンといった「どうしてこんなところに?」というような国の盤が次々と見つかった。いまはインターネットを駆使すれば、世界中のどの国の盤もおよそ探し出せるが、ふた昔前のネットの世界はまだ原始時代である。

それだけに、遠い国でつくられた盤を見つけたときの喜びは神秘的ですらあった。どこをどう渡り歩いて遠い国から京都まで辿り着いたのか、二枚組ならではの手にしたときの重みが、物理的な重さ以上のものを訴えかけてきた。

そうして世界中の「ホワイト・アルバム」を手に入れ、そこに刻まれた番号と真っ白なジャケットに染み付いた汚れや落書きなどを眺めるうち、スパイというアイディアから離れて、単純にこのレコードを最初に買った人はどんな人だったのかとリアルな想像と妄想に誘われた。

もし、ジャケットが真っ白ではなかったら、それほど想像も働かなかったかもしれない。しかし、その白さはノートの白さに似ていて、そのうえ、ひとつひとつに独自な番号が打ってある。いわば自分はその番号を手に入れたわけで、あたかも世界中から集めた小さな記憶が、三〇センチ四方の白い箱におさめられ、記憶の収蔵庫に並べられる際にひとつひとつ番号が打たれたように思えた。

その忘れられた記憶を白いジャケットにあぶり出すべく、日本盤であれば日本人の物語を、フランス盤であればフランス人の物語を、番号を手に入れるたび妄想をふくらませて書いていった。

そうして書きためたものが一冊の本になり、それが初めて世に送り出した自分の小説になった。京都で考え、京都で手に入れたレコードがきっかけになって最初の小説を書いた。

この本は『フィンガーボウルの話のつづき』というタイトルで、奥付に印刷された初版の発行日は二〇〇一年九月二十日である。実際の発売日はこの日付よりもう少し早い。

子供のころから愛聴してきたビートルズのレコードを軸に、世界中に点在する小さな物語を書いてデビューをした。そのまさにそのとき、音を消したままの深夜のテレビジョン・モニターに、世界が一変するような信じ難いニュース映像が映し出されていた。

総じて無頓着なので、自分の本がいつ発売されたかという正確な日付はほとんど記憶していない。けれども、この最初の一冊は、最初だからではなく、9・11の衝撃と共に決して忘れることはない。

III

＊

ここで、話はいきなり神戸に飛ぶ――。

海側の「旧居留地」と呼ばれるエリアを歩いているとき、「すぐそこの遠い場所」というフレーズを思いついた。居留地というのは、ひとつの国の中に別の国の領土があるわけで、そこでは言語もルールもこちらとは別物になっている。目の前のすぐそこにありながら「遠いところ」であり、自分の街の中にある外ということになる。

この、「内側にある外」の存在が面白く、類推するものを探っていくうち、中庭がそうではないかと思い至った。中庭は建物によって閉じられていて、文字どおり中にある庭だが、庭であるゆえ、その多くは屋根を持っていない。外気にさらされた外の空間である。

この中庭に、遠い国から流れ着いた果実の種を植え、箱入り娘のように大事に育てて一本のみごとな樹木を完成させる。

その樹に実る果実は、さて、この国の果実なのか、それとも遠い国の果実なのか——。


話はさらに神戸から東京の上野に移動する——。

上野の「上」の方ではなく、その周辺の少し窪んだ街を散策していたとき、車一台通るのがやっとという路地の突き当たりに小さな工場を見つけた。控えめに掲げられた表札を見ると、〈×××剝製工場〉とあり、かなり年月を経た建物で、背伸びをして塀の中を覗き見ると、曇りガラスで覆われた工房の中に巨大な何ものかが薄《う》っすらと見えた。あきらかに生き物の形をしている。頭があって、首があって、四つ足で立っていて、結構な長さの尻尾もある。象ではない。その何倍もの大きさで、印象としては工場の中にぎりぎりおさまっている感じだった。

怪物と云うしかない。

事情は判らないが、氷山の中から怪物が発見され、おそらく、ほとんど無傷で残されていたのだろう。さっそく、剝製をつくろうということになり、分解された皮に詰め物をして組み直したところ、その正体は思いのほか巨大な怪物であった。完成したのはいいが、あまりに大きくて工場の外に出せない。仮に出すことが出来たとしても、とてもトラックなど通れない路地からどのように運び出せばいいのか――。

それで、怪物の剝製はいまもあの工場の中にある。

この閉じ込められたまま姿が見えない怪物のイメージと、中庭に植えられた一本の樹が年々大きくなっていく様がひとつに重なった。

少し前までは、自分が手がけている創作物は手ごろな大きさの箱の中におさまるくらいのものと思っていた。箱の中から取り出すことも可能で、そうしたものを定期的にリリースしていくことが創作活動であり、小説であれば本というパッケージにおさめて完成させ、音楽であれば、シングルやアルバムという形態に落とし込んでつくり上げる——。

自分が最初に出した本はこれ、次に書いたのはこれ、そして三冊目はこれです、というふうに、本という形になったものを、ひとつの机に並べて俯瞰《ふかん》できる。それがやがて十冊になって二十冊になり、その二十冊には刊行された順番はあっても、作品自体の連続性やつながりはほとんどない。あらかじめ「三部作」などと謳っていれば話は別だが、多くの場合はそれぞれ個別に完結したものである。

でも、いまいちどよく考えてみると、本として完成したものは自分が「創作」をしていた時間の抽出物のようなもので、こうして「創作」の二文字に鉤括弧《かぎ》を付けているのは、これをたとえば「怪物」と呼びかえてみたらどうだろうと思うからだ。

というか、その方がずっと実像に近い。

何かとんでもなく大きな怪物のようなものの気配があり、それは剥製工場の小さな窓から、ところどころ部分的に見えている。しかし、全貌がどんなものであるかはさっぱり判らない。

最初は気づかなかったのだが、自分の著作物が十冊を超えたあたりから、どうも自分にとって小説を書くという作業は、個別の獲物をひとつひとつ撃ち落として剝製にしていくのではなく、全貌の判らない巨大な怪物に無謀な体当たりをして、少しずつ怪物の一部分を採取しつづけているのではないかと思うようになった。これは五百枚の長篇を書いても、十枚の掌編を書いても同じことで、ひとつ書くたび、せいぜい怪物のかけらをひとつかみ手に入れられるだけである。非常に能率の悪いハンティングで、完結とか完成を目指す作業とはまるで別の次元にある。

つかまえたと思ったら、もう逃げられている。

檻の中に閉じ込めたはずなのに、いつのまにかもう外にいる。

いわば、手に負えない「中庭の怪物」である。

＊

ところで、ぼくはフランツ・カフカの『城』という小説を読んだことがない。より正確に云うと、部分的に読んだことはあっても、最後まで読み通したことはない。どんな小説であるかはなんとなく知っている。結構な長さであるにもかかわらず、未完であることも知っている。

未完となると、どっちにしろ最後まで読み終えることは出来ないわけで、そもそも『城』に臨む読者の大半は、未完であることを承知の上で読み始めるのではなかろうか。

かなり変わった小説であるらしい。これこそ「怪物」であるかもしれず、読んではいないけれど、『城』の文庫本は持っていて、いま手もとにあるのは二十年くらい前に刷られた三十五刷である。

その『城』を買ったのは、京都市内のどこであったか忘れてしまったけれど、とても小さな書店で、棚の数も少なく、ごく限られた売れ行きのいい本だけを並べているような店だった。そこに『城』があったのだ。そのとき、『城』を探していたわけではないし、特に読んでみたいと思っていたわけでもない。ただ、〈こんなところに『城』がある〉という驚きからつい買ってしまったのである。

それから、小さな本屋を見つけるたび、『城』を売っているかどうか確かめるようになった。文庫本のカバーに刷られている「あらすじ」のようなものを読む限り、『城』の主人公であるKという男の職業は測量師なのだが、市内の小さな書店を一軒一軒たずね歩き、埃《ほこり》をかぶったような書棚に『城』の有無を確認している自分もまた、不条理な測量師になってしまったかのようだった。

「あらすじ」によると、「外来者K」は城から依頼を受けているのに城の中に入れない。城は「永遠にその門を開こうとしない」とある。

しだいに笑いがこみ上げてきた。つづけるほどに、『城』の探索をやめられなくなり、というのも、(さすがにここには売っていないだろう)と思われるような、きわめてローカルな書店の棚にも『城』は見つかるのだ。まったく悪夢を見ているのは外来者Kではなく外来者Yの方であると云いたくなる。もしこれが同じカフカでも、『変身』であれば納得がいくのだ。世間の認知度も高く、なにより本が薄手で読みやすい。が、『城』は五百頁を超える分厚さで、そのうえかなり変わった内容でおまけに未完である。タイトルがシンプルなので見過ごされているのかもしれないが、このように奇妙な本が、ひとつの街の中のあちらこちらに点在しているのはどういうことなのか。しかも、これは新刊書店をめぐり歩いた結果で、当然、古書店や図書館の棚にもあるだろうし、もちろん購入した読者の棚にも並んでいる。

もし、京都市内に点在するすべての『城』を調べ上げて地図上に赤い印を打っていったらどうなるだろう。もし、市内にあるすべての『城』が蛍のように発光したらどうなるだろう——。

そんなおかしな妄想にとりつかれ、なかなか城に辿り着かないというか、いまも『城』を読み進めることが出来ないままである。このまま永遠に読めないかもしれない。

その本のことはよく知っているし、それなりにその本とつきあってきたけれど、まだしっかり読んでいないという本は、『城』に限らず沢山ある。読んでみたいとは思っているし、少しは読んだりもしているのだが、なんとなく読まないまま、長いあいだ書棚にある。

これは「アイディアはどんなふうに生まれるか」という話と似てい

て、検索して調べてしまったらそれきり興味を失ってしまうように、あるいは、その本を読み終えてしまったら、それでその本とのつきあいが終わってしまうかもしれない。

もちろん、読んだことで一生のつきあいになる本は沢山あるが、こうして読まなくてもつきあっていけるのが本の奥深さで、これもまた、本が物としてそこに存在するからだと思う。

＊

「つまり、本がそこにあるから本屋に行くのです」と、いい気になって話していたら、「それこそ、どこかで聞いたことのあるセリフじゃないですか」と窘《たしな》められた。すみません。

それで、セリフに頼らずあらためてよく考えてみた。

どうして、自分は本屋に行くのか――。

「それはやはり買いたい本があるからです」というのが模範解答だと思うが、探している本がなくても本屋には行くし、そもそも自分は本屋で本を買っているのだろうかと思わないでもない。

「じゃあ、何を買っているんです?」

さて、この問いにどう答えるかである。


小説を書きつづけてきたら、ひとつひとつの作品がどうこうではなく、もっと大きな、小説の化け物のようなものに出くわしたというのが先の「怪物」の話である。

これと同じように、本というのも、じつは途方もない質量をもった一頭の怪物で、その怪物の総体は誰にも捉えられないし、姿かたちを知る者はどこにもいない。これは全世界共通であり、つまり、書店ごとに怪物が一頭ずついるのではなく、この世にただ一頭しかいないのである。で、書店というのは、そのとんでもない怪物の切り売りをしているところなのだが、こんなふうに云うと、書店は版元があらかじめ切り分けた肉やハムを「本」として売っているようなイメージに行き着く。

それも決して間違いではないけれど、単にそれだけではないように思う。本当は、「切り方」も買い手に委ねられているはずで、まさにスパイのように書店に潜入し、目印や目安のようなものを手がかりにして、姿かたちの判らない怪物を手探っていくのだ。

これはもうスパイや探偵の冒険に等しい。

で、スパイも探偵も「これだ」と感じるものを探り当てたら、すみやかに懐に忍ばせていたナイフを取り出し、自分の思惑にしたがって怪物を切り出したり切り取ったりする。

と云っても、まさか店頭で頁を切り取って持ち帰るべし、ということではない。あくまで、そういう心構えで書棚に並んだ背表紙を眺めていくという話である。

本屋というのは、一見、すでに切り分けられた肉が売られているように見えるが、本当は「世界」とでも呼ぶしかない一個の塊肉があるだけで、本当はそうなのだけれど、それでは持ち帰ることが難しいので、建前として――あるいは便宜をはかって――手に取りやすい冊子に仕立てて棚に並べているのである。

そういうわけなので、ぼくは書店に行くときも、スパイもしくは探偵の物腰になる。ただし、何か特定のものを探すのではなく、何かしら気になる表題が目にとまったら、手に取って数行だけ読む。

数行だけである。「なぜ書店に行くのか」といえば、この数行を読むためで、これは決して立ち読みではない。立ち読みというのは、その本の内容を把握するためのものだが、内容の把握は後まわしで、ぼくが探しているのは、内容や意図から切りはなされた断片的な言葉である。

これをもう少し「創作」の側に引き寄せて云うと、そうして見つけ出した言葉が、物語に化けていく最初のきっかけになる。もちろんきっかけにならないものもある。だから、ひとつ見つけたくらいでは満足せず、気になる背表紙があったら、つぎつぎ書棚から取り出して頁をめくっていく。スピーディーでもなければ、ゆっくりでもなく、ちょうど街を歩いているくらいのリズムで見ていく。

たとえば、街を歩いているときに、ふと視界の端をよぎった野良猫の姿を動体視力でとらえるように、さらさらとめくっていく頁の中から瞬間的に言葉を拾い上げる。その言葉を本当に見たのか、もしかして見間違いじゃないのか、というくらいの一瞬でいい。本当に気になる言葉は、見失っても残像のように消えのこる。当然、そのときの自分と昨日の自分と明日の自分では拾い上げる言葉が違ってくる。任意にひらいた頁につぎつぎとあらわれる言葉に、自分が反応するかどうかだ。どうなるかは自分にも予測できない。

そうして拾い上げた言葉がその前後の言葉と響き合い、さらに何行にもわたって気になる文章がつづくときはその本を購入する。手に取る本は必ずしも物語が書かれた本である必要はなく、あるときは「ホルンの吹き方」について書かれた数行に感じ入り、あるときは「芸者の心得」について書かれた一言《いちごん》半句に魅了された。どういうわけか、「物語」を謳っていないところに物語は隠れている。

「木の葉を隠すなら森の中に隠せ」と云うが、言葉が隠されている森が書店であり、それも物語の入口になるような言葉が至るところに隠されているのだ。

*

さぁそれで、自分はいったい何をどうしたいのだろう。

京都で考えるということ。忘れられていくものを引きとめること。本を読むということ。決めつけられたものに「本当にそうか」と疑問を呈すること。小説を書くということ。毎日のように書店に通い、森のごとき本の中から言葉を見つけ出してくること――。

それらは、すべてつながっているように思う。

やはりいつでも「本当のこと」が気になって仕方がない。

真実も答えもひとつではないと書いた。そうであるなら、「本当のこと」もひとつではないのだろう——。

でも、本当にそうか？

この「本当にそうか？」と自分に訊くときの「本当に」だけは、ひとつきりしかないと思いたい。ただ、これまでの経験からすると、「本当のこと」は面倒な手続きの先にしかなく、手っ取り早く済ませようとしたら、決して「本当のこと」はあらわれない。

たとえ、答えはひとつではないとしても、人はやはり「本当のこと」を知りたくて、読んだり、書いたり、考えたりする。

それが稚拙ででたらめな道のりでも——ふらふらと右へ行ったり左へ行ったりするような足どりであったとしても——道にのこされる足跡は

ひとつながりで、一人の人間のひとつだけしかない足跡になる。

たぶん、「本当のこと」というのは、そうしてずいぶんでたらめに歩いたときに、そのでたらめさに自分で気づいて、「ああ、そうなんだな。これではなかったんだな」と、そういうかたちで理解するものらしい。だから、人生の前半を進んでいるときはまず判らない。

というか、「判る」ということは、それきり停滞してしまうことだ。長い時間をかけて、でたらめに無駄な遠まわりをし、それで初めて「本当のこと」が、ぼんやり見えてくる。あくまで、ぼんやりだが、手っ取り早い近道をスマホで検索して手に入れ、あれもこれもショートカットばかりしていると、何ら実感もないまま人生が終わってしまう。

実感とか感慨とかいうものは面倒なことを通過しないと得られない。

つい、「実感」という言葉を繰り返し使ってしまったが、この言葉は大事なところを省略していて、本当は「生きている実感」と云うのだ。まったくおかしな話で、いつからか——それはやはりパソコンとインターネットを使い始めてからだと思うが——何の考えもなしに「生きている」が省略されていた。

これはきっといまに始まったことではない。デジタル化におけるノイズがそうであったように、人間の歴史はさまざまなものを省略してきた歴史である。省略することが進化であるかのように思い込んできた。もし、本当にそうなら、この世のあらゆることについて、省略される前がどうであったかを知りたい。それがつまり「本当のこと」で、ようするにぼくは、いつでも「そもそも」を探してきた。

そもそもの始まりはどうだったのか。われわれがいまこのように在るのは、そもそもどうしてなのか。

結論や結末ではなく、いつでも「そもそも」を知りたい。

忘れられていくものを引きとめようとすることも、本を読むことも、決めつけられたものに「本当にそうか」と疑問を呈することも、小説を書くことも、そして、本の中から言葉を見つけ出してくることも、すべて「そもそも」を知りたくてつづけてきた。

どうして、京都に来て考えるのか、どうして京都に来ると考えてしまうのか——それもまた同じことで、「そもそも」を知りたくてこの街に来ている。この街に来ると自分の中にある「そもそも」と、街の中にある「そもそも」が呼応し始めるのだ。

そうしてまたこの街で考えていたら、考えたことをそのまま書くだけではなく、あたらしい小説を書きたくなってきた。というか、勝手に手が書き始めた。授業中にいつもそうしていたように、ノートのうしろの方にこっそり書いた。ごく短いものだ。ここから何か始まるような気もするけれど、いつものとおり、物語の始まり――「そもそも」を書ければ、それで充分かもしれない。

スリンク

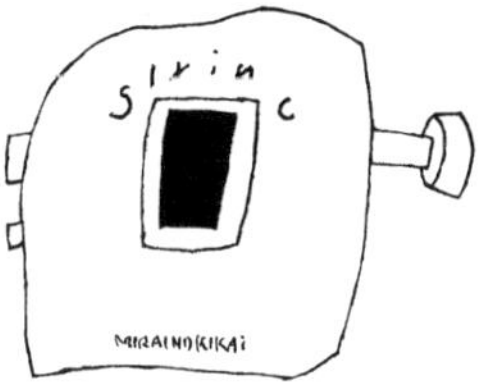

掌編小説

スリンクという名の奇妙な機械があって、少年たちは夕方になると、そのおかしな形をしたマシーンが置いてある駄菓子屋の店先に集まってくるのでした。というのも、この機械、夕方にならないと動き出さず、陽が暮れるか暮れないかという微妙な頃合いに、機械そのものがほのかに青白く発光し、覗き窓の中に何色とも云えない淡い光が宿るのです。

それはひとつの夢のようでした。見たことがないけれど、見たことがあるような、この世のものではないけれど、この世のどこかにあるような、まったく知らないけれど懐かしいものが、覗き窓の奥に五分間だけ展開されるのです。しかし、五分が過ぎると、もしかして世界というものはこんなふうに終わってしまうのではないかという無情さで、ぷつりと暗くなってしまいます。

もし、もっとスリンクの世界を見たいのであれば、機械の裏側にあるコイン投入口に五十円玉を入れなくてはなりません。その五十円は、無論のこと少年たちのポケットにしまわれた小さな財布から捻出しなくてはならず、駄菓子屋に集まる少年たちは貧しい家庭の子供でしたから、誰ひとり金銭的余裕のある者などいないのでした。五十円あれば、コロッケを三つ買っておつりが来ます。

「ああ、コロッケ——」

ここに、コロッケのことになると目の色が変わるマルヤマという少年がいて、彼は心の中が大変にきれいで、すぐに涙を流してしまうし、空の上を雲が流れていくのを一日中見ているような少年でした。

彼は三丁目の公園の森の向こうにある〈いちかわ〉という名前のコロッケ屋を何より愛していました。その店はなにしろ何もかもが素晴らしいのです。

小さな店で、裸電球がふたつみっつぶら下がっているだけの素っ気ない店なのですが、いつでもきちんと掃除がしてあって、その掃除をしているのがイッキという名前の少女なのでした。彼女はいろいろな事情があって学校に通うことが出来ません。だから、イッキに会いたければ、そのコロッケ屋に行くしかないのです。

イッキの母親は市川ミツキという名前で、彼女は若いときにコンテストで優勝するほどの美貌を誇り、しかし、悪い男に騙されて人生を棒に振って、いまはイッキと二人でコロッケ屋をしています。

マルヤマはそうした事情も詳しく知っていました。マルヤマは学校の帰りにほとんど毎日、〈いちかわ〉へ行くのです。ただし、コロッケを買うのは一週間に一度きりで、もちろん本当は毎日食べたいのですが、マルヤマの家にもいろいろな事情があって、コロッケを買う金銭が十分にないのでした。

マルヤマは学校が終わると、ひとりで家に帰る道とは反対方向に歩き出し、公園の森の中に静かに入っていきます。この公園には小さな遊技場と水飲み場と鶏小屋があるのですが、それは公園の入口に申し訳程度にあるばかりで、そのほかの大変に広い面積にはすべて樹木が生い茂っています。つまり、公園の中に森があるというより、森の入口におまけのように公園が付いていると云った方が正しいかもしれません。

マルヤマはこの森の中に彼の理想とする世界のすべてが詰まっていると感じていました。すべてというのは「楽しいこと」と「悲しいこと」と「意味のわからないこと」と「意味のわかること」です。マルヤマの考える世界はその四つでつくられていて、彼はその四つを平等に好んでいるのです。

だから、森で起きることはどんなことであれ彼の心を気持ちよく揺さぶり、彼の人生のさまざまな面に光と影を投げかけました。

とはいえ、森は森です。森の中に何か特別な仕掛けがあるとか、物知りの魔法使いが住んでいるとか、心優しい怪物が住んでいるとか、そうしたことはありません。ただ、樹々が立ち並ぶばかりで、鳥や虫や小さな生きものたちが自由に暮らし、植物が外界の薄汚い空気から守られて息づいていました。

マルヤマは森の中に自分以外誰もいないときは歌を歌います。ただし、大きな声では歌いません。マルヤマは何ごとにつけ、大きなものが好ましくないのです。大きなもの、速いもの、変に明るいもの、そして世の中で「高級品」と呼ばれているものが、おしなべて苦手でした。そうしたものはこの森の中にはなく、つまり彼の望む世界には、いま挙げたものはひとつも存在していないのです。

森の中で彼は石を拾い、木の実を拾い、たまには大きな石の上に腰かけて本を読み、水筒の水を飲み、本の中で起きていることに泣いたり笑ったりして、ゆっくり森を進んでいきます。

なにより、森を抜けた向こうに〈いちかわ〉があること、そこにイッキという少女がいること、この世のものとは思われないくらい美味しいコロッケがあること――そうした事実がマルヤマには心の支えなのでした。どれひとつとして欠けてはなりません。自分は常にひとりきりで、そこに大きな森があり、森の向こうに小さくて清潔なコロッケを売る店がある。

これ以上、他に何が必要だろう？

マルヤマはいつもそう思っていたのです。

＊

そうしたところへ、スリンクがあらわれたのでした。ある日突然、駄菓子屋の店先に、何の予告もなく、何の説明もなく、まるで未来から誰かがやって来て、そっと置いていったようにスリンクはあらわれました。

マルヤマは最初、そのことを知りませんでした。友だちの何人かは学校が終わると駄菓子屋へ行っていましたが、駄菓子を買うお金を持っていないマルヤマは――もちろん駄菓子屋にも行きたかったのですが――自分には森と〈いちかわ〉がある、と敬遠していました。

しかし、あるとき駄菓子屋に通っていたスナハラという少年が、

「マルヤマ君、大変なことになったよ」

と云うのでした。

「駄菓子屋に変な機械が置かれていて、それが夢みたいなんだ」

マルヤマは「変な機械」であるとか、「夢みたい」といった言葉に大変弱いのです。

「それって」とマルヤマは急いで確かめました。「それってお金がかかるのかなぁ」

「それがさ」とスナハラは説明しました。「最初の一回だけはタダで見られるんだよ」

そう聞いてマルヤマは、めずらしく森に行くことをやめ、ほとんど行ったことがなかった、どぶ川の近くの駄菓子屋にスナハラに誘われるままついていきました。

驚嘆しました。そこにはマルヤマの理想とする世界になかったものがすべて詰まっていたのです。それをひとつひとつ言葉で云うことはとても難しいのですが、見たことがないけれど、見たことがあるような、この世のものではないけれど、この世のどこかにあるような、まったく知らないけれど懐かしいものでした。

マルヤマは自分のよく知っている世界の外にも世界があることを知り、いかに自分の理想としていた世界が小さなもので、自分の世界の外にはこんなにも暗い輝きをもったものが存在していたのだと、その機械に教えられました。

その日からマルヤマの日常は変わったのです。

それまでは、コロッケを買う日も買わない日も、ほぼ毎日のように森を抜けて〈いちかわ〉に通っていたのに、その日以来、週のうちの何日かは、スリンクの「最初の五分間」を見るために、駄菓子屋に通うようになりました。

マルヤマは落ち着きがなくなっていました。マルヤマとしては、どちらかひとつに心を向けたいのです。それが自分らしいと思うし、自分はひとつの物ごとを繰り返すのが性に合っていると子供ながらにわかっていました。ふたつを掛け持ちするとか、運動と読書を両立するとか、そうしたことがうまくいかないのです。

マルヤマは森を抜けていくときに、自分の心の中が曇っているのではないかと思うようになりました。そう思うと、森の中の小さなものがどんなふうに動いているのか、どんなふうに自分に働きかけているのか、以前ははっきり感じとることが出来たのに、いつのまにか感じられなくなっていたのです。

森を抜けて〈いちかわ〉の前に立ち、コロッケを買うときはそのまま店に入っていきますが、買わないときは、しばらく店の様子を遠くから眺めて引き返します。いずれにしても、長居をすることはありませんでした。

しかしどうしたものか、マルヤマはコロッケを買わない日であるにもかかわらず、〈いちかわ〉の前に立って、しばらく考えていました。考えているというより、何かを考えていたのだけれど、それが何であったかわからなくなり、さて自分は何を考えていたんだっけ、と考えていたのです。

そのマルヤマの様子を店の中からイツキが見ていて、ふと目が合ったときに、「こちらへどうぞ」と手招きしました。マルヤマはぼんやりとしていましたから、最初は起きたことが理解できず、しかし、たしかにイッキが自分を呼んでいるのだと知って、動揺しながら店の中にそろそろと入っていきました。するとイッキは、

「わたし、あなたがコロッケを買わないときも、そうして店の前に立っているのを知っていました」

小さな声でそう云いました。

「でも、このごろは前のようにいらっしゃらなくなったので、どうしたのかと思っていたんです」

「あの」とそう云ったきり、マルヤマは何と答えていいかわかりません。どうにか、「ぼくは――」とつづきを云おうとしたとき、ひとりの紳士が店の中に入ってきて、「あ、緑川さん」とイッキが笑みを浮かべて会釈をしました。

「いつもありがとうございます。いつものコロッケ五個でいいですね」

緑川は黙ってうなずき、店の中に立っているマルヤマに気づくと、(君は誰?)という顔をしてみせました。頭のてっぺんからつま先まで仔細《しさい》に観察し、「君はもしかして」と云いました。「君はもしかして、川の近くの駄菓子屋を知っていますか?」

「ええ」とマルヤマは答えました。

「では、あの店にスリンクという機械があるのは知っていますか」

「はい——」

「そうですか」緑川は目を細めました。「じつは、あの機械は私がつくったものなのです」

「あなたが?」マルヤマは急に喉がかわいて声が詰まるようでした。

「どう思いましたか? あの機械」

緑川の問いにマルヤマは「素晴らしいです」と目を輝かせ、「僕もいつか、あのように素晴らしい機械をつくってみたいです」とめずらしく声を大きくしました。

「そうですか」緑川は優しく云いました。「じゃあ今度、私の工房へ来たらいいですよ。ちょうど助手を探していたんです」

「本当ですか――」

そのとき、突然イッキが二人のあいだに割って入り、マルヤマを自分の背中のうしろに隠すようにして緑川を見上げました。

「そうはいきません」

イッキは云いました。

「そうはいきません」

もう一度、云いました。

あとがき

小さな本を書きたいと思っていた。本当を云うと、いつでも小さな本だけを書いて暮らしていきたいと思っている。

しかし、なかなかそううまくはいかない。

でも、この本は思っていたとおりの小さな本になった。

本文に書いたとおり、京都に行くと考えごとばかりしてしまうので、誰にも会わないし、誰とも話さない。

何年か前に京都精華大学で講演のようなものをする機会があり、正確な数は覚えていないけれど、二百人くらいの来場者があった。学生の皆さんだけではなく、京都にお住まいの方たちが沢山来てくださった。

皆さんからいただいた質問に答えるかたちで話をしたのだが、はじめて京都の人たちと話が出来たような気がした。みんな、とても熱心に聞いてくれて、こちらも話し終えるのが惜しいくらい、あたたかく気持ちのいい時間になった。
嬉しかったので、ステージの上から観客の皆さんの写真を撮った。スパイのようにさっと携帯を取り出し、ほんの一瞬、一枚だけ撮ったのだが、こちらを向いている皆さんが隅から隅まで笑顔だった。
これは秘密だけど、何かつらいことがあったときは、その写真を見ることにしている。

ありがとうございました。

二〇一七年秋

吉田篤弘

本書は書き下ろしです。

吉田篤弘（よしだあつひろ）

一九六二年東京生まれ。作家。小説を執筆するかたわら、クラフト・エヴィング商會名義による著作とデザインの仕事も行っている。著書に『つむじ風食堂の夜』『それからはスープのことばかり考えて暮らした』『レインコートを着た犬』『モナ・リザの背中』『電氣ホテル』『ソラシド』『台所のラジオ』『遠くの街に犬の吠える』など多数。

京都《きょうと》で考《かんが》えた

二〇一七年十一月　三　日　初版第一刷発行
二〇一八年　三　月二十日　初版第二刷発行

著者　吉田篤弘

発行者　三島邦弘
発行所　株式会社ミシマ社
〒六〇六-八三九六
京都市左京区川端通丸太町下る下堤町九〇-一
電話　〇七五（七四六）三四三八
FAX　〇七五（七四六）三四三九
e-mail　hatena@mishimasha.com
URL　http://www.mishimasha.com/
振替　〇〇一六〇-一-三七二九七六
印刷・製本　株式会社シナノ
組版　有限会社エヴリ・シンク

ISBN 978-4-903908-99-1